지혜로운 할아버지와 사자

Өвгөн арслан хоёр

옛날 아주 오랜 옛날에 할머니와 할아버지가 양을 키우며 살고 있었어요.
어느 날부터인가 양이 한 마리, 두 마리… 점점 줄어들어
할아버지는 누구의 짓인지 알아보려고 기다렸어요.

Эрт урьд цагт хэдэн хоньтой өвгөн эмгэн хоёр амьдран суудаг
байжээ.
Гэтэл хонь нь нэг хоёроор цөөрөөд байх болж, өвгөн хэн аваад
байгааг мэдэхээр хонио манан хүлээв.

저녁이 되자 덩치가 큰 사자가 나타나 양을 잡아가는 거예요.
"사자야, 너는 왜 내 양들을 잡아먹느냐?" 하며 할아버지가 묻자
사자는 "나는 힘이 센 동물의 왕이야. 내가 무엇을 잡아먹든 너가 무슨 상관이야?"
하며 으르렁 거렸어요.
화가 난 할아버지는 "네가 그렇게 힘이 세다면 나랑 힘으로 겨루어 보자!
이긴 쪽의 말을 들어주는 거야!" 라고 말했어요. 사자는 비웃으며 " 그럼 내일
여기서 만나 돌에서 즙이 나올 때까지 돌을 쥐는 시합을 해보자" 라고 했어요.

Үдэш болоход том биетэй арслан гарч ирэн хониноос барив гэнэ.

Өвгөн:

-Арслаан!, чи яагаад манай хонийг барьж идээд байгаа билээ!?

гэхэд арслан:

-Би хүчит араатны хаан болохоор юугаа идэх нь чамд ямар

хамаатай юм! хэмээн архирчээ. уур нь хүрсэн өвгөн:

-чи тэгэж их хүчтэй юм бол надтай хүчээ үз!

Хэн дийлснийхээ үгийг дагаж явъя!.

Арслан басамжлан инээж,

-Тэгвэл маргааш энд уулзаад чулууны

шүүсийг гартал шахаж хүчээ үзэе!. гэжээ.

집으로 돌아온 할아버지는 할머니에게 사자와 있었던 일을 의논했어요.
할머니는 "영감, 작은 돌들 사이에 달걀을 넣고 세게 쥐어요" 라고 일러 주었어요.
다음 날 할아버지와 사자는 약속 장소에서 만났어요.
할아버지는 돌 속에 미리 숨겨둔 달걀을 쥐어짰어요.
사자는 돌이 부서질 정도로 세게 쥐었지만, 즙이 나오지 않았어요.

Гэртээ хариад өвгөн нь эмгэндээ юу болсон тухай ярив.
Эмгэн:
-Өвгөөн, тэгвэл жижиг чулуун завсар өндөг нуугаад тэрийгээ хага
базаад үз! гэж арга зааж өгөв.
Дараа өдөр нь өвгөн арслан хоёр болзсон газраа уулзлаа. Өвгөн
чулуун завсар нуусан   өндөгөө базав. Арслан нь чулуу бутартал
базсан боловч шүүс гарсангүй гэнэ.

약이 오른 사자는 할아버지와 다시 힘을 겨루어 보기로 했어요.
"영감, 내일 아침 해가 떠오를 때 산의 나무를 쳐서 쓰러뜨리기로 하지!"
할아버지에게 이야기를 들은 할머니는 저녁에 산에 올라 가서 나무 몇 그루를
베어 놓고, 아침에 그 나무들을 쓰러뜨리라고 가르쳐 주었어요.

Уур нь хүрсэн арслан дахиж хүч үзэхээр шийдэв.
-Өвгөн гуай. Маргааш ургахын улаан нарнаар уулын модыг
сугартал алгадаж үзээ гэв.
Өвгөнөөс энэ тухай сонссон эмгэн нь шөнө очоод хэдэн мод
хөрөөдчих, өглөө тэр модоо алгадаад унагаавал болно гэж зааж
өглөө.

해가 밝자 할아버지와 사자는 다시 힘겨루기를 시작했어요.
할아버지는 나무를 가뿐히 쓰러뜨리며 나아갔지만,
사자는 힘겹게 나무를 쓰러뜨렸어요.
사자는 할아버지를 대단한 장사라고 생각했어요.

Өглөө болоход өвгөн арслан хоёр дахин хүчээ үзлээ. Өвгөн уулын
модыг амархан унагаж байхад арслан ариа хийн унагаж байв.
Арслан өвгөнийг хэмжээлшгүй их хүчтэн гэж боджээ.

이번에는 사자가 할아버지를 잡아먹기 위해
자기 집에 초대해서 음식과 차를 대접했어요.
저녁이 되자, 할아버지는 무서워 벌벌 떨며 누워 있는데,
사자가 칼을 숫돌에 갈러 밖으로 나가는 거예요.

Энэ удаад арслан өвгөнийг үгүй хийхийг санаархан гэртээ урьж
хоол цайгаар дайлав. Орой болж өвгөн айн чичирсээр хэвтэхэд
арслан хутгаа билүүдхээр гадгашаа гарлаа.

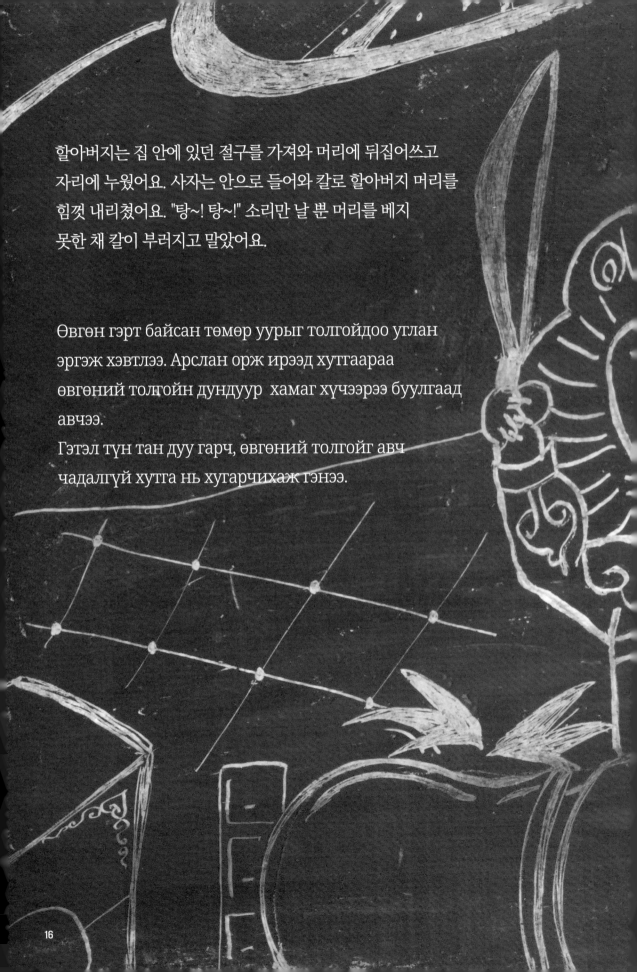

할아버지는 집 안에 있던 절구를 가져와 머리에 뒤집어쓰고
자리에 누웠어요. 사자는 안으로 들어와 칼로 할아버지 머리를
힘껏 내리쳤어요. "탕~! 탕~!" 소리만 날 뿐 머리를 베지
못한 채 칼이 부러지고 말았어요.

Өвгөн гэрт байсан төмөр уурыг толгойдоо углан
эргэж хэвтлээ. Арслан орж ирээд хутгаараа
өвгөний толгойн дундуур хамаг хүчээрээ буулгаад
авчээ.
Гэтэл түн тан дуу гарч, өвгөний толгойг авч
чадалгүй хутга нь хугарчихаж гэнээ.

사자는 까무러칠 정도로 두려워하며 슬그머니 침대로 가서 자리에 누웠어요.
할아버지는 아침에 일어나 "밤에 내 머리에 뭔가가 탁! 하고 부딪친 것 같았는데,
뭔지 모르겠군?" 하며 머리를 긁적였어요.

Арслан маш их айж мэгдэн яахаа мэдэхгүй, чимээгүйхэн орондоо
ороод хэвтлээ. Өвгөн өглөө босоод:
-Урд шөнө толгойн дээр нэг юм тог! хийн мөргөх шиг болсон, юу
байсан юм болдоо? хэмээн толгойгоо маажив гэнээ.

할아버지를 잡아먹지 못한 사자는 속으로는 아쉬웠지만, 태연한 척 말했어요.
"내가 아침 차를 대접하려고 하니 힘센 영감은 물이나 길어다 주쇼!"

할아버지는 양동이를 겨우 들고 우물로 갔어요.
'빈 양동이도 겨우 들고 왔는데, 물이 든 양동이는 얼마나 무거울까?
꾀를 써야겠다!'

Өвгөнийг барьж чадаагүй арслан дотроо харамсаж байсан ч юу ч
болоогүй мэт царайлан:
-Би өглөөний ундаар дайлъя. Хүчтэй өвгөн гуай ус аваад ирээч
Өвгөн усны савыг арай ядан өргөн худагруу явлаа.
"Хоосон савыг арай гэж авчирсан юм чинь ус хийчихвэл хичнээн
хүнд байх бол? арга заль бодхоос. . .! "

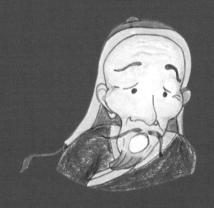

얼마 뒤 할아버지가 놀라며 뛰어와
"사자야, 우물 아래 너보다 더 덩치가 큰 괴물이 있어.
물을 기를 수 없으니 네가 한 번 가 봐."
'도대체 어떤 괴물이길래 나보다 힘이 센 할아버지가 놀랄까?'
사자는 우물로 뛰어갔어요. "어디 괴물이 있는거야?"
할아버지는 발을 동동 구르며 "우물 안에 너보다 무서운 괴물이 있잖아!"
사자는 우물에 비친 자신의 모습을 보고 잡으려고 발버둥을 쳤어요.

Хэсэг хугацааны дараа өвгөн сандран гүйн ирж:
-Арслаан! худаг дотор чамаас том мангас байгаад ус авах арга
алга, чи нэг очоод хараач гэхэд,
"Хүчит өвгөнийг гайхшруулдаг ямар мангас байдаг билээ" гэж
бодон арслан худагруу явав.
-Хаана байна тэр мангас? Өвгөн байж ядан:
-Худаг дотор чамаас том мангас байна шүү дээ!
Арслан худгийн усанд туссан өөрийн дүрсийг хараад барих гэж
оролдов.

"아니 넌 누군데 감히 나에게 덤비려 드는거냐?"
사자는 우물에 비친 자신을 잡으려고 점점 더 아래로 내려갔어요.
"풍~덩!" 사자는 그만 우물에 빠지고 말았어요.
할아버지는 재빨리 우물의 뚜껑을 덮고 사자가 나오지 못하게 막아버렸어요.
"살려줘 영감! 제발 한번만 살려줘!"

-Үгүй ерөө! чи хэн болоод надруу дайрдаг билээ?
Арслан усанд туссан өөрийн дүрсийг барих гэж улам доошоо
тонгойж байгаад
Цүл! хийн уначих нь тэр. Өвгөн түргэн гэгч нь худгийг таглан
гарч чадахгүй болгон хаачихаж гэнээ.
-Амь авраарай өвгөөн! ганц удаа амийг минь авраач!

"너는 나하고 힘겨루기 내기에서 졌는데도 나를 잡아먹으려고 했어.
내가 너를 살려두면 결국 나와 양들을 잡아먹겠지?"
그렇게 할아버지는 집으로 돌아갔고
할머니와 함께 걱정 없이 행복하게 살았어요.

-Хүчээ үзээд ялагдсан мөртлөө чи амлалтнаасаа няцаж намайг барих гэсэн биш билүү? Одоо чамайг аврах юм бол бас л хонийг минь барьж идэх байлгүй!. Ингэж хэлээд өвгөн гэртээ харин эмгэнтэйгээ айх аюулгүй болж амар сайхандаа жаргажээ.

공동저자 멀얼게럴(Molorgerel)

2000년 - 몽골 'Ikh zasag' 대학교 관광경영학과 졸업

2016년 - LG와 함께하는 동아일보 대상 다문화상

2017년 - 아시아여성연구원 숙명대학교 모국어로 글쓰기 대회 최우수상

    - 서울시 엄마 아빠 나라 동화 이야기 공모전 최우수상

    - 아시안허브 '글로벌스토리북 제작과정 3기'

2018년 - 인천광역시 부평구청 블로그 기자단

2019년 - 인천광역시 블로그 기자단

공동저자 안희주(Hijoo Ahn)

2017년 - 아시안허브 '글로벌스토리북 제작과정 3기'

중국 청도 산동성 예술공예학교 졸업